シャイニー
ルリエール・ライト
めんどくさがりやな天使。人間界にあこがれている。
JN096049
きらちゃん
らぶちゃん
宝石のようなひとみをもつふたごの赤ちゃん。その正体はじつは…？
ジュエル学院
ルリたち天使が通い、くらす学校。天使長のシーマはきびしくやさしく、天使たちを見まもる。
シーマ

天使、妖精、ユニコーン……
小さいころは、想像の世界の生きものたちが
ほんとうにいるってしんじてた。
そして、ずっとねがっていたの。

いつもそばにいてくれる、
天使のお友だちがいたらなって……。

でも、まさか、
それがほんとうに
おこるなんて！
ひとりぼっちだったわたしのまえに、
ある日とつぜん、
天使とふたごの赤ちゃんが
あらわれた！
まほうのペンダント、
セボンスターとわたしたちの
おはなしがはじまるよ！
GRAPE
CHERRY

エンジェリック・セボンスター
菊田みちよ
1
ふたごの赤(あか)ちゃんがやってきた！

こんなおはなしだよ！
しっかり者な11歳の女の子・こころのまえに、ある日あらわれた、めんどくさがりやの天使とふたごの赤ちゃん！
人間界と天使のすむ世界・シャイニーをこっそり行き来する、ドキドキな毎日がスタート
ねがいを手だすけするペンダント
せボースターがたくさんとうじょう！
天使の女の子
ルリエール・ライト
人間の女の子
輝 こころ
赤ちゃんのおせわにつかうのは…
すてきなまほうの道具たち！
宝石をうみだす！
ふしぎな力をもつ
ふたごの赤ちゃん

もくじ

1
ふたごの赤ちゃんがあらわれた！

さくばん星のおつげがありました。

きょうはこの世界をてらす宝石、セボン・ジュエルがたんじょうする日です。

セボン・ジュエルは赤んぼうのすがたでお生まれになります。

そこで、ジュエルさまをささえ、おせわをする「セントマザー」をこの学院の天使のなかからえらびます。

その役目をはたし学院を卒業したセントマザーには、
わあっ
全天使のトップ、天使長の称号があたえられるのです。

いよいよなのね！

ドキドキしちゃう…。

わたしがえらばれたいわ！

それでは
ひとりずつじゅんに
祭壇に上がって、
いのりを
ささげてください。
ジュエル
さま…。
みんなしんけんに
おいのりして
いますね。
ん？ だれか
いないような…。
こそこそっ
……。
おいのりなんて、
みんな
よくやるわねー。
この世界を
てらす宝石さま？
なんだか
しらないけど、
赤ちゃんの
おせわ役なんて
ぜったいやりたく
なーい☆
おしゃれ
ファッション
ギクっ
ルリエール・
ライト…。

だいじなぎしきにさんかしないなんて
それでもこの学院の天使なのですか!?
シ、シーマさま…。
めんどくさくてつい…。
んまぁっ
そのようなだらしないたいど!! まったく天使らしくない!
せなかの羽もつねにだすようにいっているでしょう!
え～羽っておもいしジャマ…。
羽は天使の象徴ですよ!!
美しい心、正しい行い……
ジュエル学院の天使って、みんなきれいごとばかりでつまらない!
あたしは人間界にいってみたい。楽しそうなんだもの!
おしゃれ
ファッション
ねっ、この人間のコーデ、めっちゃかわいくない?
ルリ…。
!?

ジュエルさま！
ジュエルさまがお生まれになった！
え…でも祭壇にはだれも…。
スゥッ
ジュンッ
!!
きゃあっ。
ブァアアッ
えっ…!?
ちゅう
パチンッ
ルリ!!
きえた…。
今、赤ちゃんがふたりいたような…。

ここは、私立オパール学園小学校。

輝こころは、みんなからたよりにされているしっかり者の女の子。五年生ながら児童会の会長をしています。

会長！親子交流会の書類のかくにんおねがいします！
またクラブの助っ人おねがいします！
制服のボタンがとれちゃいました〜！
会長、放送室のマイクがこわれて…修理できませんか？

こころの笑顔に、みんなうっとりしています。

「会長ってきよく正しく美しい……まるで天使ね」

児童たちは口ぐちにうわさし、シスターの先生も、うんうんとうなずきます。この学園ではいつもの光景です。

けれどこころは、こっそりため息をつきました。

(天使だなんて、きょりを感じちゃうな。わたしだって、もっとふつうにみんなとお話ししたいのに……)

こころは、こんどの親子交流会のプリントを見つめました。ほごしゃを学園によぶこうれいの行事です。

こころのお父さんは、しごとで外国にすんでいます。お母さんはキャビンアテンダントで世界中をとびまわっています。こころは学園の寮でくらしているので、長いお休みにしか、ふたりにあえないのです。

お父さんとお母さん、
つぎはいつあえるのかな。
交流会にきてほしいけど、
きっとおしごとで
いそがしいもん。
わがままいえないよね…。

おまけに、児童会長であるこころは、

ひとりべやでした。

「ルームメイトのいるみんながうらやましい。学園でも寮でも、ひとりぼっちって感じ……」

その日のほうかご、こころは学園のなかにある、小さな教会にむかいました。だれもいないこの時間に教会にいくのが、こころの日課です。

わらいがたえない、にぎやかな毎日になりますように。

祭壇のまえでひざまずき、いつものようにいのっていた、そのときです。

ピカッ
!?
な…
なに!?
祭壇の宝石が…。
ドワアアアッ
わっ。
女の子と赤ちゃんがふたり…？
にこっ
どきっ
あーーっ。
よちよち
え、えっと…。
ちゅうっ

ええ～っ
かっかわいい
～～～っ♡
きゅうんっ
この赤ちゃんたち
すごくかわいい。
ひとみも宝石みたいにキラキラ…。
キラ キラ キラ
えっ!?
ピカッ
ひ、ひとみから
ペンダントが
作られた!?
ふわっ
うそ…。
はっ…
おいのりの時間におくれちゃうっ!
がばっ
びくっ
わぁっ!
ってあれ?
ここどこ?
たしか、ぎしきのとちゅうで…。
ねぼけちゃったし

あなた だいじょうぶ？
それ…あなたの胸のペンダント…。
セボンスター!?
これ？ 今ハートティアラの赤ちゃんがだして…。
ってはずれない～!?
!?
セボンスターをだしたってことは…
あなたたち、ジュエルさまなのね！
でもなんでふたり!?
じょーー
あーん
あたし、オムツなんてもってないよ～
おねがい、たすけて！
え、
ええっと…。
たいへん！ おもらししちゃった！
えー どうしよ…。
はやくオムツをかえてあげて！
わたしにまかせて！
つい口ぐせでいっちゃった！
寮母室
こそこそ
オパール学園女子寮

おまたせ！
寮からおさいふとってきたよ～！寮母さんに見つからなくてよかった！
ドキドキ
ふぅん？あたしはルリ！この町かわってるね！あなたも、羽は、かくす派？
羽…？わたしはこころ。あなたって、ふしぎなこというのね…。

こころたちは、オムツを買うためにこっそり学園をぬけだしました。

ほんとうは、ほうかごの外出はきんしなので、こころはずっと胸がドキドキしています。でもじつはちょっと楽しい気もちもありました。

「ねぇ、なんでちょっとうれしそうなの？」

「そ、そんなつもりはないんだけど……」

ドラッグストアにつくと、ルリがかん声をあげました。

「ルリちゃん、ちょっとおちついて。へんって……薬とかコスメとか、そんなにめずらしいかな……」

「コスメ!!　これって人間のじゃない!?」

「そ、そうだけど……。とりあえず買ってくるね。えっとオムツと、あとおしりふきも……これでいいかな？」
お会計をするこころをよそに、ルリは大こうふんで、あたりを見まわしています。

2
天使のすむ世界、シャイニーへ！
これでよしっと。キレイになったね！
ようふくもあらってかわかしたよ！
こころ、なれててすごーい！
まえにしんせきの赤ちゃんのおせわをてつだったことがあるんだ。
うふふっ。たすけてくれてありがとう！
これは運命の出会いよ！
あたしたち、とくべつなお友だちになれると思わない!?
え？お友だち…？
とくべつな？
へんかな？
そんなことないけど、あったばかりでちょっとおどろいたというか…。
なんだかてれくさい～っ。

でも
うれしいかも…。
ねえ、さっきは宝石からとつぜんあらわれたように見えたんだけど…。
ふふ…。
これは重大なひみつよ。
あたしたちはシャイニーってところからきたの。
シャイニー…。きいたことないけど…。
ふつうの人間はしらなくてとうぜんよ。
シャイニーは宝石の形にかこまれたべつの世界。
シャイニーには世界をてらすとくべつな宝石があるの。
それがこの赤ちゃん!! 宝石の化身であられる、
セボン・ジュエルさまよ!!
赤ちゃんが宝石って…
それ、なにかの物語とか?
えっ。
??
…なんでふたごなのかはわからないけど…。
ちがーう! ほんとうなんだってば!
じゃあこれを見せてあげるっ。

あたし、天使なの！
これで
しんじてくれる？

「は、羽……!? 天使ってほんとうに!?」

こころは、おどろきで目を大きく見ひらいたまま、つぶやきました。

小さいころにあこがれた天使が、目のまえにいるなんて……。こころの胸によろこびがあふれてきます。

まだちょっとしんじられませんが、羽はどう見てもほんものです。

「ゆめみたい……。でも、どうして天使

が人間の世界にきたの？

「それが、あたしにもわからないの。ジュエルさま……

あ、あの赤ちゃんの力だと思うんだけど……」

そのとき。赤ちゃんたちが宙にうかびあがったかと思うと、まわりのものをつぎつぎにうかせはじめました。

へやじゅうに
いろんなものがとびまわり、かべに
あたってドンドンと音をたてます。
「やめて〜! こんなにさわがしくしたら
バレちゃうよ〜!」
すると、ろうかから寮母さんが
こちらにやってくる声がしました。
「さっきからさわがしくしているのは
だれですか!?」

「ど、どうしよう～!! こんなの、寮母(りょうぼ)さんに見(み)られたらおいだされちゃう！」

「えぇっ、それはこまる！」

寮母(りょうぼ)さんの足音(あしおと)がだんだんちかづいてきます。

ふたりは赤(あか)ちゃんたちをぎゅっとだきかかえて、さけびました。

寮母さんが、こころのへやのドアをひらきました。

「あら……？　だれもいないじゃない。声がしたのはべつのへやだったかしら。そうよね、ここは輝さんのおへやだもの。あの会長が、あんな大さわぎをするはずがないわ。いやね、わたしったら。おほほほ」

それにしても
なぜこんなに、
ちらかっているの
かしら…。

こころが目をあけると、そこはにじ色の星ぼしがきらめく宇宙空間でした。

うわぁ…きれい…！
これどうなってるの!?
こ、こここわい〜！
あたし、くらいのにがてなの〜！
らぶっ。

ハートティアラの赤ちゃんがゆびさした先には、とてつもなく大きな宝石がありました。宝石のなかに山や海、大地がひろがっていて、まるで惑星のようです。

あっ！こころ！あれがシャイニーよ！

シャイニーのなかにはいると、そこには
ゆめのような風景がひろがっていました。
空にはユニコーンがとんでいて、海では
羽のある人魚がうたい、森では妖精が花を
つんでいます。
こころたちは赤ちゃんの力でとびながら、
この世界を見てまわりました。

あっ。
ジュエル学院(がくいん)だ！
かえってきたんだわ！
ルリ！
シーマさまーっ！
きいて！あたしたち人間界(にんげんかい)にいってたの！楽(たの)しかったーっ！
やはりそうなのですね。
それでジュエルさまは…？
赤(あか)ちゃんたちはここに…。
あっ。
あなたは人間(にんげん)…ですね。
それにやはりジュエルさまがふたり…？

「ひとまず、こちらへいらしてください」
シーマにつれられて学院にはいると、たくさんの天使たちがあつまっていました。

「しずかに！　生徒はじぶんのへやへ。先生がたは全員、礼拝堂に集合してください。それから、ジュエルさまの乳母車とドレスもよういして！」

シーマがチリリンとベルをならすと、天使たちはいっせいにしたがいました。赤ちゃんたちは金ぴかに光るゴージャスな乳母車にのせられて、ごきげんです。

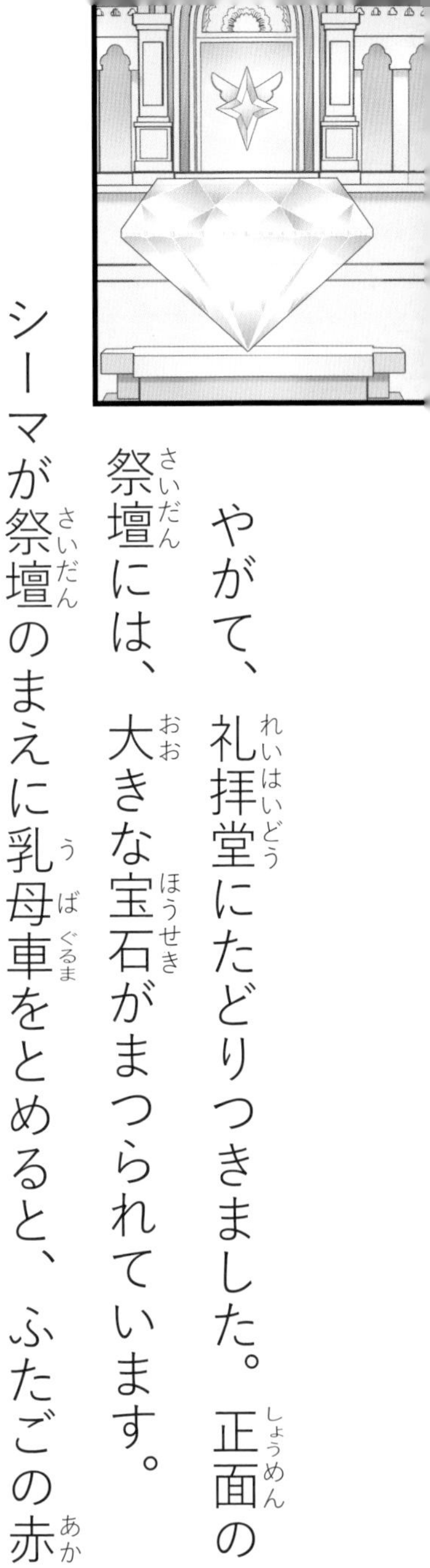

やがて、礼拝堂にたどりつきました。正面の祭壇には、大きな宝石がまつられています。シーマが祭壇のまえに乳母車をとめると、ふたごの赤ちゃんは宝石のなかへとびこみました。

らぁ～ぶ！

きらぁ～！

シーマさま、なぜジュエルさまはおふたりになってしまわれたのでしょうか…？

…先代のセボン・ジュエルは、それはごりっぱに成長され、みなからあいされていました。

しかし、あるときシャイニーにすくう魔と対決し、寿命をまたずに消滅したのです。

世界をてらす宝石をなくしたシャイニーは、明るさをうしないつつある…。

そんななか、ふたたびセボン・ジュエルは生まれました。

今回、ふたごになった赤んぼうがわけがあるはずです。それは…。

それは…!?

わかりません。

ずこっ

とにかく、ジュエルさまをそだてましょう！
セントマザーもぶじにきまったのですから。
そうそれ！シーマさま、セントマザーって、だれにきまったの？
ルリちゃん、セントマザーって？
ジュエルさまのおせわをするママ役の天使…かな？
ルリ、あなたですよ。
それに、そこの人間の女の子も。
え？なんであたしたちが…？
ふたりの手の甲を見てください。
ジュエルさまのキスをうけたしるしがついています。
セントマザーのあかしですよ。
もしかして
あのとき!?
うそ〜〜っ

「やだやだやだ～！
赤ちゃんのおせわ役なんて
めんどくさいよ～！」
「わ、わたしも学校が
ありますし、セントマザー？
なんてできません！」
ふたりがことわると、赤
ちゃんたちはひとみをうるう
るさせてなきだしました。

ふたりははっと顔を見あわせました。

「こころ、ジュエルさまのことらぶちゃんって、さっきもいってたよね？」

「う、うん。らぶ～っていってたから思わず名前つけちゃってた」

「あたしもおんなじ！　きらちゃんって感じだったから」

ふたりはふふっとわらうと赤ちゃんたちを見つめました。

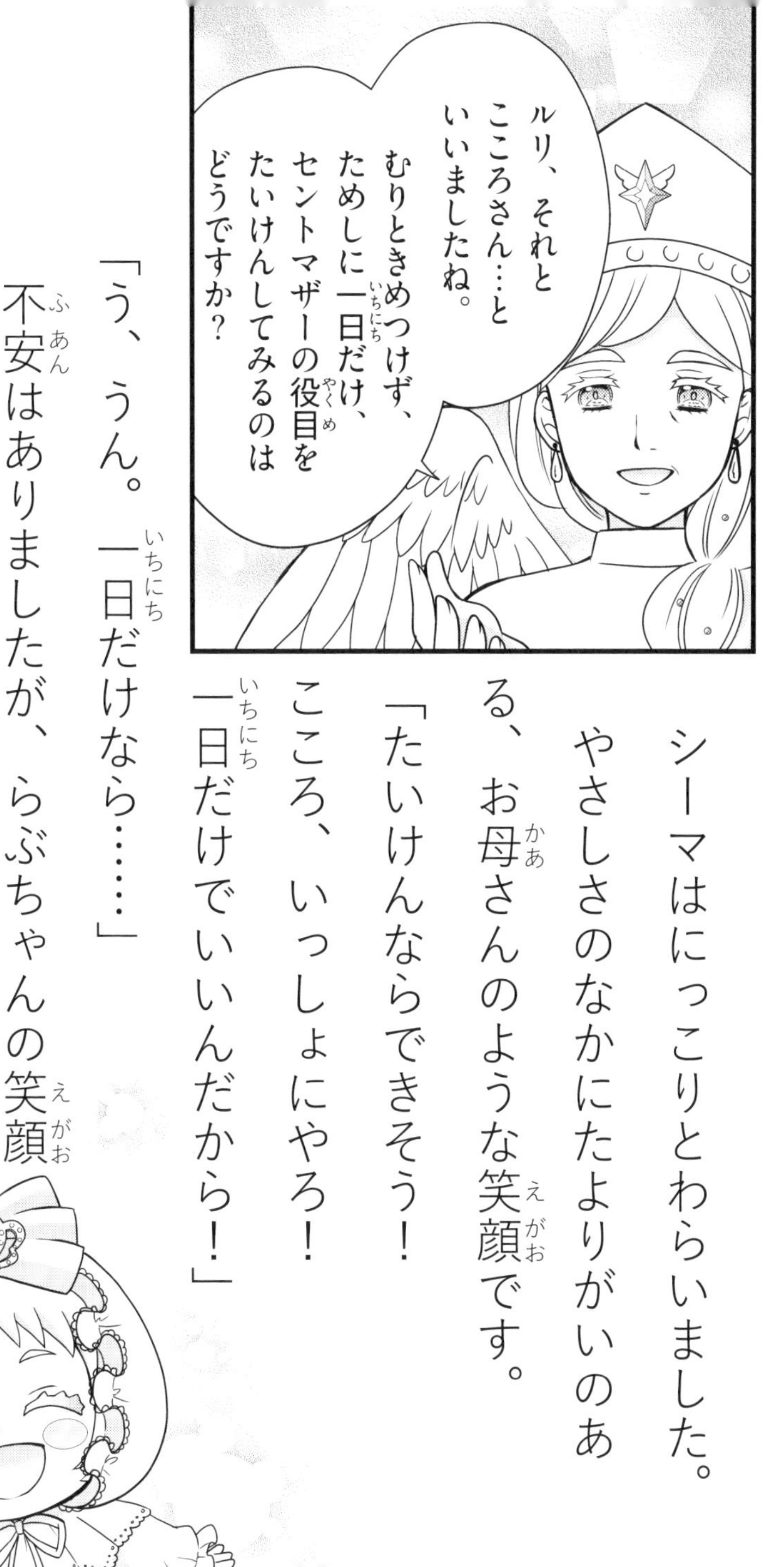

ルリ、それと
こころさん…と
いいましたね。
むりときめつけず、
ためしに一日だけ、
セントマザーの役目を
たいけんしてみるのは
どうですか？

シーマはにっこりとわらいました。
やさしさのなかにたよりがいのある、お母さんのような笑顔です。
「たいけんならできそう！
こころ、いっしょにやろ！
一日だけでいいんだから！」
「う、うん。一日だけなら……」
不安はありましたが、らぶちゃんの笑顔を見ると、すこしやる気がわいてきました。

3 赤ちゃんのおせわはたいへん！

シーマが礼拝堂のおくにある倉庫から、おせわのための道具をいろいろもってきてくれました。

「キラミルってなに？　これで作れるの？」
ルリがミルキーメイクを手にとりながら、くるりとまわしてみました。そのとたんです。

ミルミル～♪
きらめきビーズがたりマセン♪
キラミルを作るには、心のきらめきをあつめてくださいネ♪
わっ！しゃべった！
ういてる!!
ワタクシはミルキーメイク。
ペこり
おしゃべりはとくいデス♪
きゃーい♡
おせわアイテムは赤ちゃんがよろこぶくふうがされています。
ワア…すごい…。
なんかこわい…。
キラミルのもとはすべての生きものの心のきらめき。
しかし今はきらめきがなく…。
これのこと？セボンスターっていったいなんなの？
じゃあ、キラミルは作れないの？
いいえセボンスターがあれば…。
セボンスターはセボン・ジュエルが作りだす、ねがいを手だすけするペンダントです。

赤ちゃんたちは成長したり、大きなよろこびでみたされると、セボンスターを作りだします。

それがみなの手にわたり、ねがいをかなえることで心がきらめきを生み…

その心のきらめきが、ミルキーメイクにたまって、キラミルを作りだすのです。

すごーい！つかってみよう！

どうしたらいいんだろう。

ねがいを手だすけするんだから…

ねがいをかけてみたらいいんじゃない？

えーと、えーと…。キラミルをください！

しーーーん…

セボンスターの宝石にはそれぞれまほうのことばがこめられています。

そーなんだ…

宝石ことばにあったねがいでないと、かないませんよ。

ふえ〜ん
ふたりともおなかがすいてるみたい！

しかたありません。今はふつうのミルクをあげましょう。

赤ちゃんのおせわは思った以上にたいへんでした。
ルリが作ったこなミルクは、あつすぎて赤ちゃんたちがのめる温度ではありません。

でも赤ちゃんたちはなかなかねむりません。

「じゃあ、あたしが子もり歌をうたってあげる！」

ところが、これが大しっぱい。ルリがうたうと、きらちゃんは歌にあわせてシャンデリアをガチャガチャおどらせ、らぶちゃんは壁の宝石をピカピカ光らせます。

どのくらいそうしていたでしょうか。やっとのことで赤ちゃんたちをベッドにねかせましたが、ふたりはもうへとへとです。

「もうヤダー！　あたしできない！　もうやめる！」

先に音をあげたのはルリでした。

「わたしも、ちょっと休ませて……」

こころもいすにすわろうとした、そのとき。

よしよし。だっこしてあげる。
うまくねむれないのかなあ。
き、きらちゃん…！
きーらーっ。
ひゅんっ
ひゅん～っ
らーっ。
ぬっ
そんなところあぶないよ！
まってて、今はしごを…。
やーっらーぶらーぶっ。
だっこしてといってる
ふたり同時には見れないよ！
ルリちゃんてつだってて！
むっ
ダメだよ！役目はちゃんとはたさないと。
ルリちゃんだってセントマザーなんだから！
え～あたしもうやめたもん。
いちぬけた～～。

そういう優等生みたいな考えかた、きらーい。
これはたいけんだってシーマさまがいってたじゃない。こころ、なんでひとりでがんばってるの？
らぶぅ〜！

こころは、ショックをうけました。じぶんの心のいちばんいたいところを、グサリとさされたようです。

「わ、わたし、そんなつもりじゃ……」

ルリがはっとした表情を見せると、こころはなみだをこらえきれなくなり、へやをとびだしました。

ごめんね、らぶちゃん。
でもやっぱりむりむり。
もうかえりたい……。

なきだしたこころに、らぶちゃんはもっていた六角形のつつ形のおもちゃをわたしました。

どうやら宝石でできているようです。

「なぁにこれ、ガラガラかな？」

こころがふってみると、キラキラと光があふれてきました。

光の先には、きたときとおなじ宇宙空間が見えます。

「この光のなかにはいれば、かえれるってこと？」

「こころ、まって！」

ルリがおいかけてきました。こころははっとしましたが、もう体は光につつまれ、宇宙空間のなかにきえてしまいました。

スウッ
！
うそ、ほんとうにかえっちゃったの…？
まだごめんねっていってないのに…。

4 ほんとうの気(き)もち

気(き)がつくと、こころはじぶんの寮(りょう)のへやにかえっていました。

「このガラガラで、らぶちゃんがかえしてくれたんだ……」

ふと、ペンダントを首(くび)からはずしてみると、かんたんにはずれました。すこしさびしい気(き)もちになりましたが、すぐに首(くび)をふります。

「これでいいの！　赤ちゃんのおせわなんて、わたしにできるわけないんだから」

その夜、こころはぬいぐるみのユニコーンにきょうのできごとをはなしました。お母さんが買ってきてくれた、このユニコーンにはなんでもはなせて、気もちがおちつくのです。

人にあんなにおこったのは、はじめて。

ほんとうの気もちなんて、今までだれにもいえなかったのに…。

ルリちゃんといると、わたしの本音がでちゃうみたい…。

会長、これおねがいします！
輝さんにまかせればだいじょうぶね。
こころがしっかりしてるから、
お父さんとお母さんは安心しておしごとをがんばれるわ。
こころ、なんでひとりでがんばってるの？

こころは、ぼすんっとまくらに顔をうずめました。目にはなみだがあふれだします。

「わたし、ほんとうはそんなに強くないよ……」

こころはきょうはじめて、じぶんがいつもむりをしていたことに気がつきました。

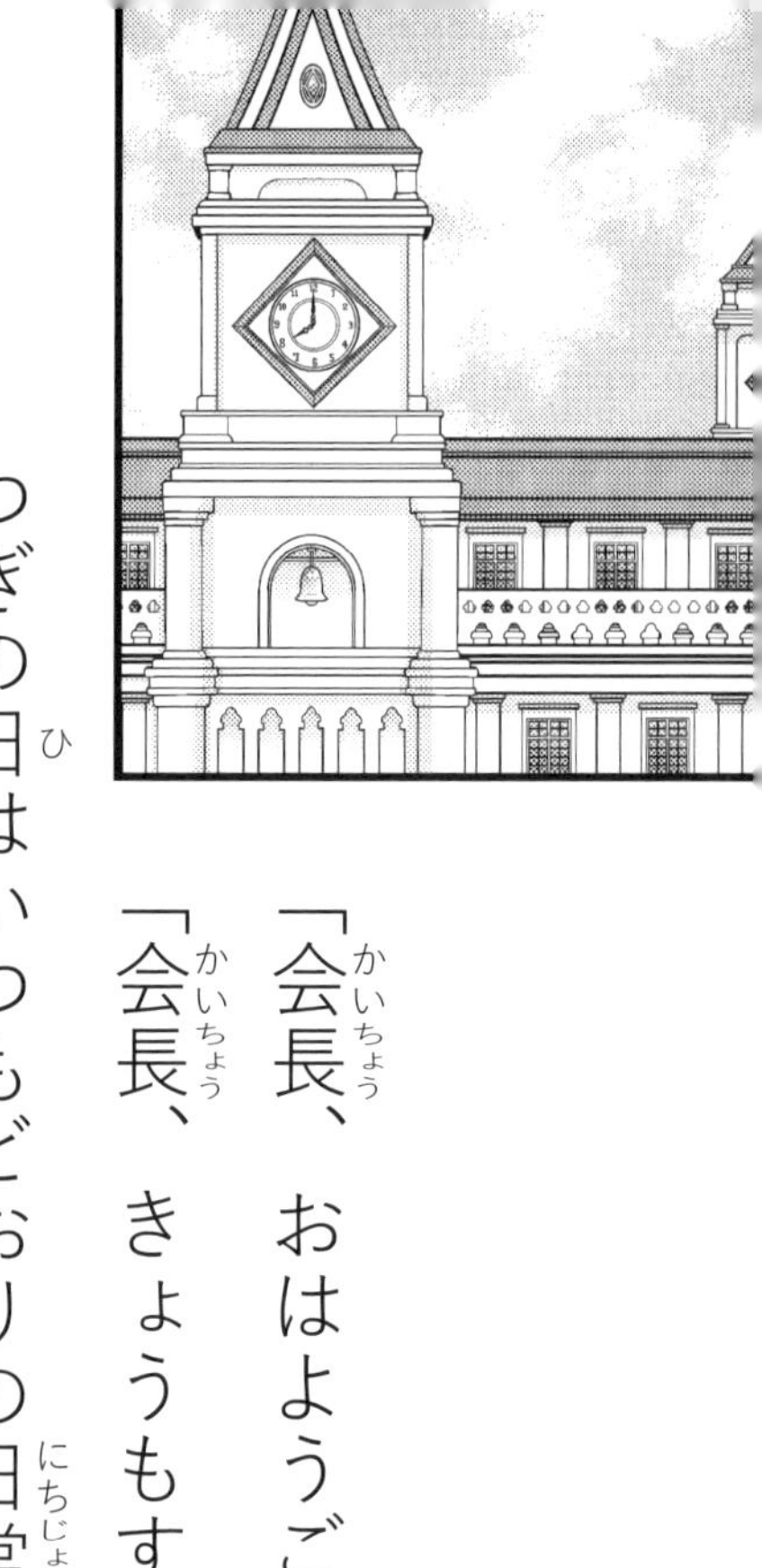

「会長、おはようございます！」

「会長、きょうもすてきです～」

つぎの日はいつもどおりの日常がかえってきました。

手の甲のハートの刻印はきえていませんが、みんなには見えていないようです。

こころはもう、気にしないようにいつもどおりにふるまいました。

「みなさん、おはようございます」

こころが笑顔でこたえると、うれしそうにみんなはさっていきます。

（ほんとうは天使なんかじゃないよ。ふつうの女の子として、みんなとなかよくしたいんだけどな……）

こころはため息をつくと、とくべつなお友だちだといってくれた、ほんものの天使を思いだしました。

ルリちゃん…。
わたしのこときらいになっちゃったかな…。
友だちっていってくれたこと、ほんとうにうれしかったのに…。

ほうかご、こころはひとりで寮へかえりました。

きょうは、オンライン英会話の日です。タブレットの電源を入れてじゅんびをしていると、とつぜん、つくえの上のセボンスターがピカッと光りました。

らぶちゃんは手足をばたばたうごかして、なにかをしゃべっていますが、よくわかりません。
そうこうしているうちに、授業がはじまってしまいました。

郵便はがき

切手を
貼って
ください

〒141-8210

東京都品川区西五反田3-5-8
(株)ポプラ社 児童書編集 行

<table>
<tr><td rowspan="3">本を読んだ方</td><td rowspan="2">お名前</td><td>フリガナ</td><td colspan="2"></td></tr>
<tr><td>姓</td><td colspan="2">名</td></tr>
<tr><td>お誕生日</td><td>西暦　　年　　月　　日</td><td colspan="2">性別</td></tr>
<tr><td rowspan="5">おうちの方</td><td rowspan="2">お名前</td><td>フリガナ</td><td colspan="2"></td></tr>
<tr><td>姓</td><td colspan="2">名</td></tr>
<tr><td colspan="2">読んだ方とのご関係</td><td>年齢</td><td>歳</td></tr>
<tr><td>ご住所</td><td colspan="3">〒　　-</td></tr>
<tr><td>E-mail</td><td colspan="3">@</td></tr>
</table>

新刊案内等ポプラ社の最新情報をメールで配信

本のご感想はWEBからも手軽に送付いただけます。

ポプラ社からのお手紙・メール等すべて不要な方はチェックください 案内不

※ご記入いただいた個人情報は、刊行物・イベントなどのご案内のほか、お客さまサービスの向上やマーケティングのために個人を特定しない統計情報の形で利用させていただきます。
※ポプラ社の個人情報の取扱いについては、ポプラ社ホームページ(www.poplar.co.jp)内プライバシーポリシーをご確認ください。

2024

買った本のタイトル

質問1 この本を何でお知りになりましたか？（複数回答可）

□書店　□ネット書店　□図書館　□SNS（　　　　　　　　　　）

□新聞（　　　　　　　　　　）　□雑誌（　　　　　　　　　　）

□人にすすめられたから　□ポプラ社のHP・note等

□その他（　　　　　　　　　　）

質問2 この本を買った理由を教えてください

（　　　　　　　　　　）

質問3 最近ハマったものを教えてください（本、マンガ、YouTube、テレビなどなんでも）

（　　　　　　　　　　）

●感想やイラストを自由にお書きください

いただいたご感想やイラストをホームページや宣伝物に匿名で紹介させていただくことがあります。予めご了承ください。

ご協力ありがとうございました。

012-1　読み物共通

ハローココロ！
ハワユートゥデイ？
らぁぶっ？
らぶっ！
らぁぶらぶ～！

こころは、らぶちゃんをベッドにねかせて、画面にうつらないようにします。

でも、らぶちゃんがまわりをうごきまわるので、先生の話にぜんぜん集中できません。

やがてらぶちゃんは、ぬいぐるみのユニコーンもうごかして、いっしょにこころをひっぱりはじめました。

こころはあわてて、ぬいぐるみをとりあげます。

「らぶちゃん、ダメッ！」

するとらぶちゃんの目に、なみだがみるみるたまり……思いきりなきだしたとたん、へやじゅうのものがピカピカ光りはじめました。

はぁーーっ
なんとかごまかせた…のかな。
らぶぅ…。
らぶちゃん…どうしたの？
もしかしてシャイニーでなにかあったの？
らぶぅ…。
あ〜〜っ！
ぽろぽろ
らぶちゃん…！
ぎゅっ
気づけなくてごめんね。
わたしにたすけてっていいにきてくれたんだよね。
この子をまもりたい！
わたしにできることをやらなくちゃ！
らぶちゃんシャイニーにいこう！
らぶっ！

5 きらちゃんをさがして

ガラガラをぬけてたどりついた先は、シャイニーの礼拝堂でした。こころとらぶちゃんは、祭壇の宝石からとびだしたようです。

天使たちのなかからルリがかけよってきました。

「あたし、こころがいなくなったあと、いいすぎたなってはんせいしたの。それで、おせわをがんばってたんだけど……ちょっと目をはなしたすきに、きらちゃんがいなくなっちゃったの！　ごめんなさい！」

大声でなきだしたルリを、シーマがだきしめます。

「あくまがいる森なんて……。わたしもさがしにいきます！　ルリちゃん、いこう！」

　こころが手をのばすと、ルリはきょとんとした顔をしました。

「こころ、てつだってくれるの……？」

「あたりまえでしょう⁉　きらちゃんがまってるよ！」

　ルリはなみだをふくと、力強くうなずきました。

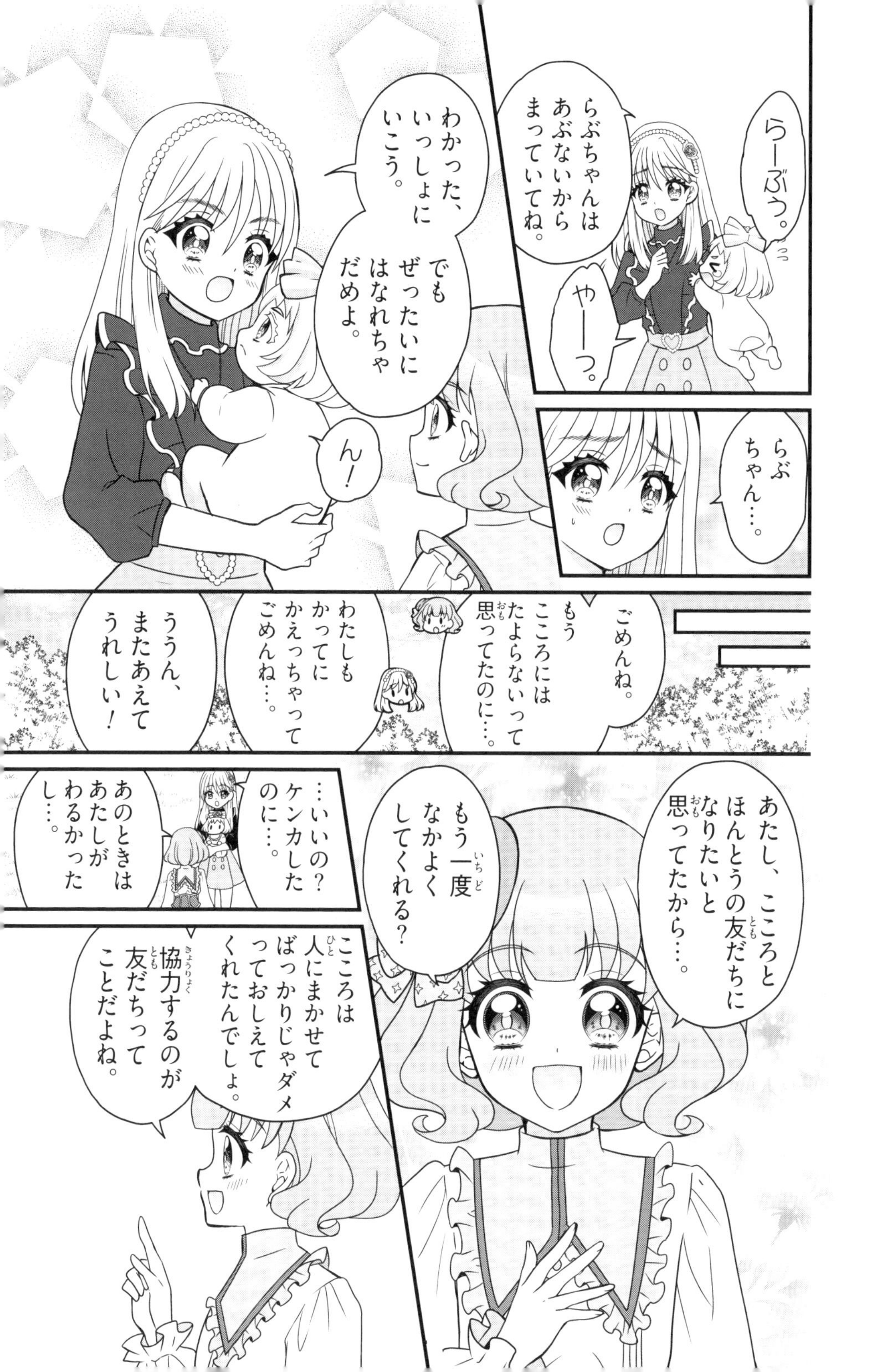
らーぶぅ。
らぶちゃんはあぶないからまっていてね。
やーーっ。
らぶちゃん…。
わかった、いっしょにいこう。
でもぜったいにはなれちゃだめよ。
ん！
ごめんね。
もうこころにはたよらないって思ってたのに…。
わたしもかってにかえっちゃってごめんね…。
ううん、またあえてうれしい！
あたし、こころとほんとうの友だちになりたいと思ってたから…。
もう一度なかよくしてくれる？
…いいの？ケンカしたのに…。
あのときはあたしがわるかったし…。
こころは人にまかせてばっかりじゃダメっておしえてくれたんでしょ。
協力するのが友だちってことだよね。

ルリはあっけらかんとしていいましたが、こころにとっては、思いもかけないことばです。
そう思うと、心がすっとかるくなりました。なんだか、勇気もわいてきます。
こころは、らぶちゃんを見つめていいました。
「わたしにまかせて！ ぜったいきららちゃんを見つけるからね！」

ミルミル〜♪
きらぬきビーズがたまりマシタ♪
キラミルを作りマスカ？
ぽんっ
わあっ。
急にでてくるなんてびっくりするじゃない！
ワタクシはごようがあればどこへでも参上するのデス♪
キラミルを作りマスカ？
キラミルが作れるの!?
やってみせて！
おまかせアレ〜♪
くる
くる
くる
きらみるぅ〜！
ぽ
とんっ
すごいいきおいでのんでる！
そんなにおいしいの？
ごっくごっく
おいちーっ。

すごい！らぶちゃんがしゃべった！
キラミルで成長したってこと!?
キラキラキラ
らぶっ。
パアアアッ
セボンスターだわ！こんどはふたつも！
らぶちゃんすごーいっ！
でも、どうしてきらめきがたまったんだろう？
きっとあたしたちがなかなおりしたからじゃない？心のきらめきを感じたもの！
ウエストポーチにいれておくね★

まよいの森(もり)につくと、らぶちゃんがゆびさしをして、こころたちをみちびきました。

「らぶちゃん、もしかしてきらちゃんのいる場所(ばしょ)がわかるの？」

「さすがふたごだね！　らぶちゃんについていこう！」

ついた先(さき)には大(おお)きなどうくつ。

まっくらでおくが見(み)えません。

らぶちゃんがルリのもっているポーチをゆびさします。

「あっ、セボンスター！　これにおねがいするってこと？　できるかな」

ルリはペンダントをにぎり、ねがいをこめました。

「どうか、くらやみがこわくなくなりますように」

すると、セボンスターから光（ひかり）がはなたれ、文字（もじ）がうかびあがりました。

「勇気……？」

気がつくと、ルリのふるえがとまっています。

「あたし、こわくないかも……！　ペンダントのおかげ？　らぶちゃん、ありがとう！」

　こころたちはさっそく、どうくつのなかにはいりました。

セボンチャレンジ
めいろをたどってきらちゃんのいる場所までいこう！
★
の3つの宝石をひろいながら
スタートからゴールをめざしてね！
こうもりが道をふさいでいるところや、一度通ったところは通れないよ！
あれ？
どうくつのかべに
宝石が
うめられてる？
まっててね、
きらちゃん！
スタート

ゴール

6 こころのきらめき

「きらちゃん！　見つけたー！」

ルリがかけよろうとしましたが、きらちゃんの上にさくがガシャーンとおちてきました。

そして、黒い子どものような影がふたつ、とびだしてきます。

あくまは手足をジタバタさせながらおこっています。

「ルミナスってだれ？」

ルリがきくと、あくまたちはあわててじぶんの口を手でふさぎました。

こころとルリが、同時にあくまをつかまえようとしましたが、あくまはすばやくきえてしまいました。

さくのとびらはしまったままで、ひっぱってもおしても、ひらきません。

「ひきょうよ、でてきなさい！　きらちゃんをだして！」

「しっ！　ルリちゃんまって。……なにかきこえるわ」

こころとルリが耳をすますと、あくまたちのひそひそ声がきこえてきました。

あいつら、セボンスターをもってたッキ。
はやくルミナスさまにしらせるッキ。
でも、その間に赤子をとられるかもックー。
キッキッキッ！さくのとびらは暗号をとかないとひらかないッキ！

ひそひそ声が遠ざかりました。あくまたちは遠くへいってしまったようです。

「暗号……？」

「こころ見て！　ここになにかかいてある。暗号ってこれじゃない？」

よく見ると、きらちゃんをおおう鉄のさくのとびらに、記号がかいてあるいたがあります。

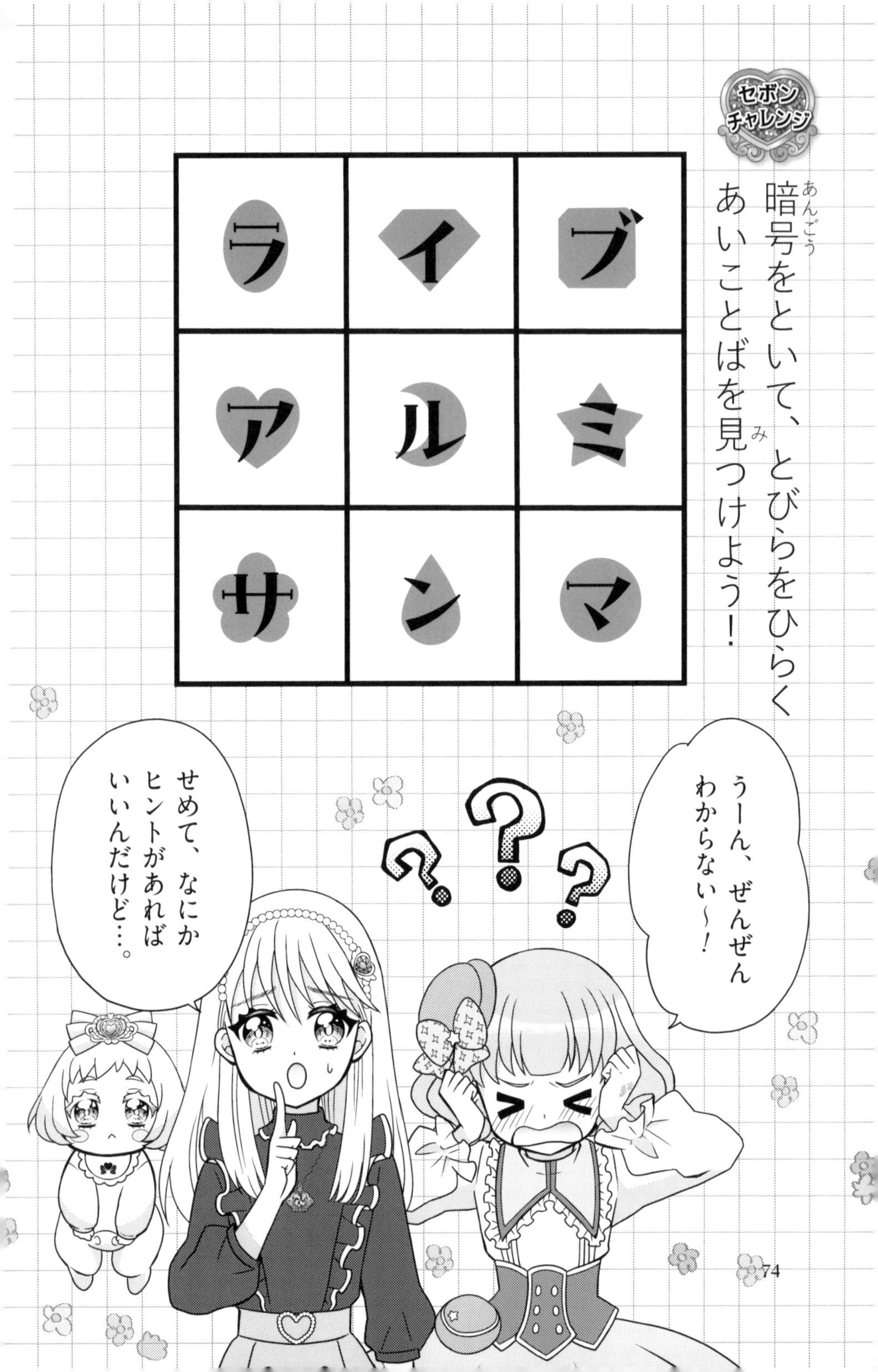
セボンチャレンジ
暗号をといて、とびらをひらく
あいことばを見つけよう！
ラ イ ブ
ア ル ミ
サ ン マ
うーん、ぜんぜん
わからない〜！
せめて、なにか
ヒントがあれば
いいんだけど…。

「らぁーぶ！　せ、ぼ！」

「そっか、セボンスター！　たすけになるかも！　つぎはこころがつかってみて」

「やってみる。おねがい、暗号をとく力をかして！」

　こころがいのるとセボンスターが光りだし、文字がうかびました。

Tourmaline Inspiration
トルマリン　インスピレーション
ひらめき！

「あっ！　さっきひろった宝石がぴったりあいそう！　かくれた文字をぬいてよむと……ラブルミサマ……？」

こころがよみあげると、とびらがひらきました。

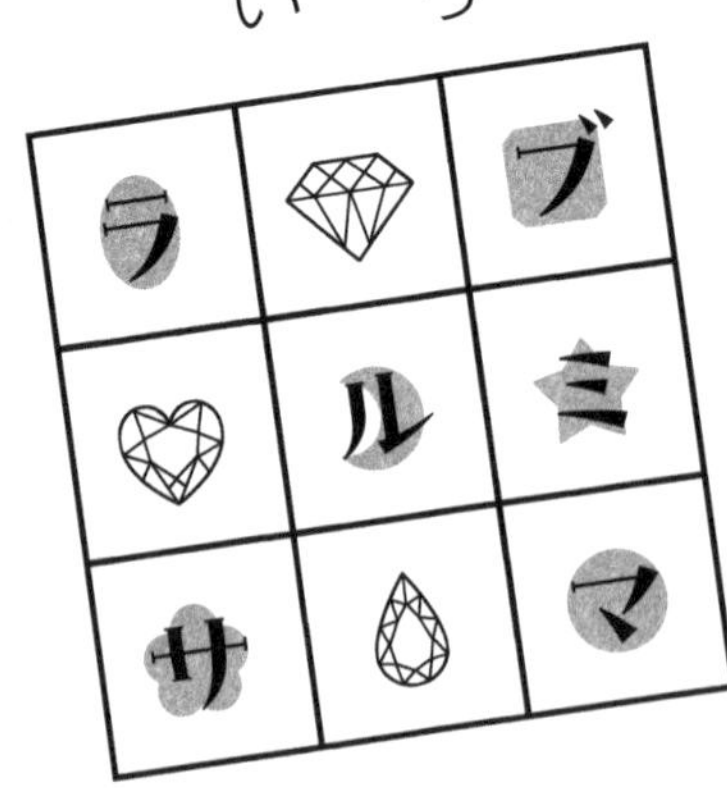

　ルリはきらちゃんをしっかりとだきしめます。
「よかった！　きらちゃん、ひとりにしてごめんね。さぁ、はやくかえろう！」

ラブルミサマは、オレたちの
ルミナスさまへの愛をしめす
あいことばッキ！

！
ザッ
ここを通(とお)すわけにはいかないッキ！
ルミナスさまにいただいたこれではんげきだック！
カチッ
な、なに!?
ゾワーーあっ
いや…っ。
ズズ
ルリちゃん！
ズズ…
ドプンッ
こころ！
こころ！
ここは…？

ここはかなしみのぬま。ほんとうの心がわかる場所。
ほんとうの心…？
おまえはセボン・ジュエルのことをめいわくに思っていた。
天使のこともおこっていたはず。
学校の友だちも両親も、みなおまえをたよってばかり。
おまえばかりがまんしている…。
ちがう！そんなこと…。
なにがちがうの？
みんなわたしの気もちなんてかんがえてくれない。
わたし!?
いつもいつもいろんなことたのまれて、
ひとりじゃむり…。
これがわたしのほんとうの心…。

そうよ…
だれもたすけてくれないの…。
それはちがう!
なに…!? みずからぬまにはいったツキ!?
こころにはあたしがいる!
たいへんなことはふたりでたすけあうの。
だって友(とも)だちなんだから!!
ルリ…!
わたし…
ひとりでがんばらなくていいの…?
もちろん!
きらぁ!
らぶ!

らぶちゃんのひとみがキラキラとかがやき、こころのつけていたセボンスターが光りだします。

らぶちゃんときらちゃん、ルリがこころの手をとりました。

こころは、心にもやのようにかかっていたくらい気もちが、はれていくのを感じました。

すごい光…。
パアアア
どんどん力があふれてくる…！
Garnet Sparkle
ガーネットスパークル
おねがいセボンスター。
わたしに力をかして！
きらめきの力アップ!!
なんだこの光は…ふつうの人間の何倍もの心のきらめき…！
く、くるしい…！

ぐぅ…っ。
ユラ…
ぽんっ
ザアアアアッ
あっ。
にげるッキ！
ルミナスさまぁ〜。
もとの場所にもどってきた！
すごい…
これがきらめきのパワー…！
こころ！すごーい！心のきらめきがアップするなんて！
きっとすごくとくべつなセボンスターよ！
ガーネットスパークル…
ありがと…。
らぶちゃんがわたしにくれたセボンスター…！

らぶちゃんがにっこりとわらっていいました。
「らぶちゃん、今わたしのことをママって……！」
こころは胸があつくなりました。
そして、わかったのです。
（そっか。らぶちゃんにはわたしがひつようなんだ）
こころはらぶちゃんをしっかりとだきしめました。

7 セントマザーになります！

ジュエル学院にもどると、シーマが笑顔でかけよってきました。

「みなさん、ぶじでよかった！」

「シーマさま！　たっだいま〜！」

ルリがピースサインをして、こうふんぎみにせつめいしました。

「あたしたち、きらちゃんをあくまからとりかえしたんだよ！　セボンスターの力もつかうことができたの！　とくにこころはすごいきらめきパワーがでて、ほんとうにすごかったんだから！」

「ええ、わかっていますよ。よくがんばりましたね。遠くからでも、あなたたちの心のきらめきを感じました。

それに……ほら、うしろをごらんなさい」

ふたりがふりむくと、ミルキーメイクがぽんっ！

とあらわれました。

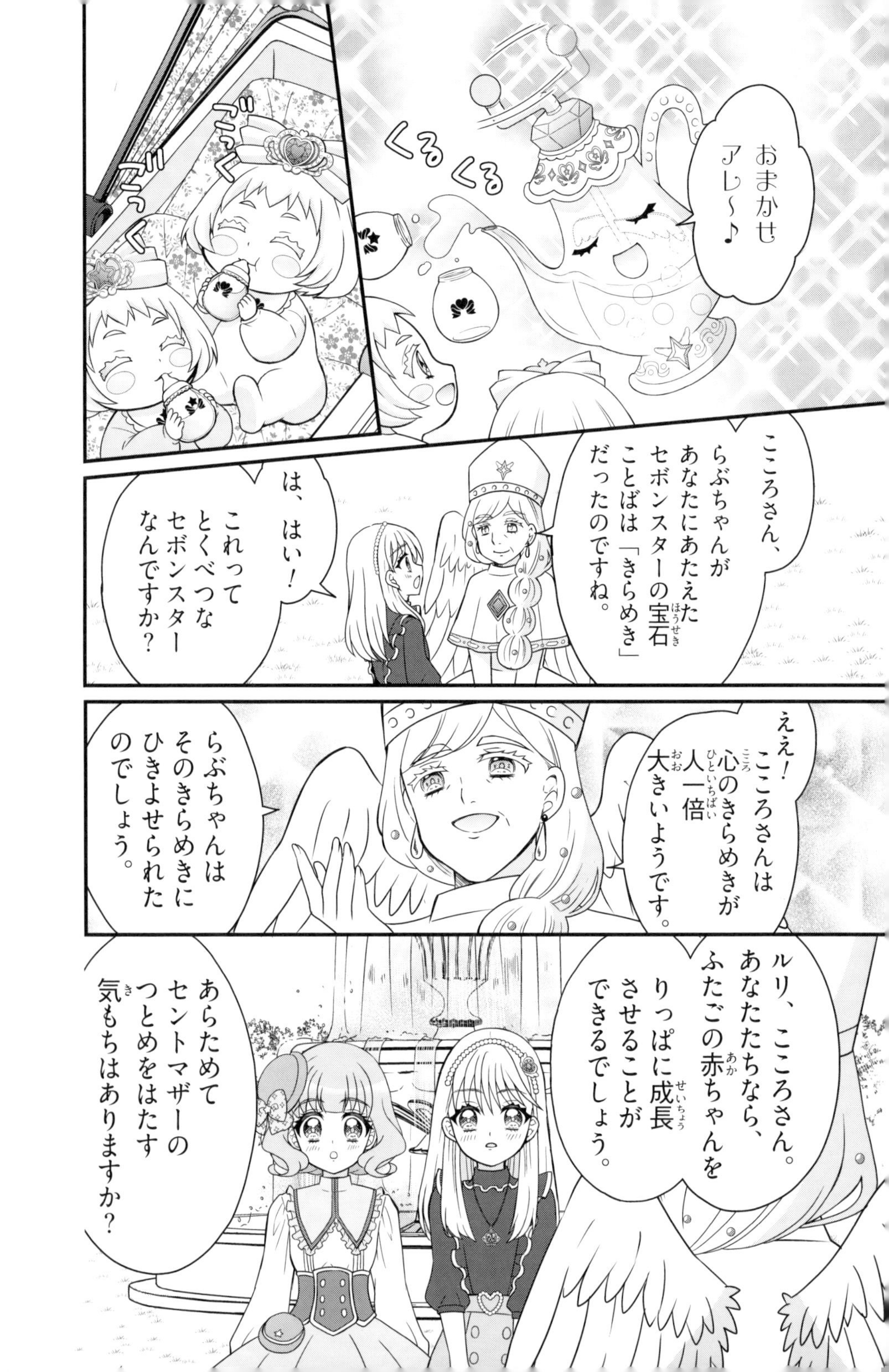

おまかせアレ～♪

くるくる
ゴくゴく
ゴくゴく
こころさん、らぶちゃんがあなたにあたえたセボンスターのことばは「きらめき」の宝石(ほうせき)だったのですね。

は、はい！

これってとくべつなセボンスターなんですか？

ええ！こころさんは心(こころ)のきらめきが人一倍(ひといちばい)大(おお)きいようです。

らぶちゃんはそのきらめきにひきよせられたのでしょう。

ルリ、こころさん。あなたたちなら、ふたごの赤(あか)ちゃんをりっぱに成長(せいちょう)させることができるでしょう。

あらためてセントマザーのつとめをはたす気(き)もちはありますか？

ふたりはかたく手をにぎりあいました。

手の甲の刻印に、セボンスターのペンダント。そしてセントマザーの役目……！　たいへんなこともあるだろうけど、きっとのりこえていける。ルリといっしょなら！

こころの心はきらきらした希望にあふれていました。

数日後。こころは寮母さんによばれました。寮母室のとびらをあけると、そこにいたのは……。

「ルリ!? どうしてここに！」

「おしりあいですか？ ちょうどよかった。あしたからこの学園で学ぶ留学生です。きょうからふたりはおなじへやなので、なかよくね」

こころはルリをじぶんのへやに案内(あんない)して、いいました。

「まさか転校(てんこう)してくるなんて……！　シャイニーのみんなには、いってきたの？　らぶちゃんときらちゃんは？」

「もちろん！　ちゃんと人間界(にんげんかい)のやりかたで手(て)つづきしたよ。シーマさまがじゅんびしてくれたの。らぶちゃんときらちゃんもここにいるよ」

ルリは大(おお)きなボストンバッグをひらくと宝石(ほうせき)でできたスノードームをとりだしました。

「しゃべった！　ら、らぶちゃんときららちゃんなの？」

ふたりはドームのなかを元気にうごきまわっています。

「そうだよ～。このスノードームは、祭壇の宝石とおなじものでできてるの！　これなら、赤ちゃんがいるってバレないよね！　学校にもいっしょにいけちゃうよ！」

　ルリはバッグから赤ちゃんのおせわセットをとりだすと、あっというまに赤ちゃんたちのスペースを作りました。

「人間の学校に通えるなんて、楽しみ〜！
そうだ、キラミルをたっぷりのんだから、きらちゃんたち、セボンスターをたくさんだしてくれたよ！」

ルリはセボンスターをならべて見せました。

「わぁ、こんなに！
らぶちゃん、きらちゃん、すごいねえ！」

らぶちゃんときらちゃんは
ぽんっと、もとのすがたに
もどると、こころとルリに
だきつきました。
ふたりも赤ちゃんをぎゅっ
とだきしめます。
「これからは、ずっといっ
しょにいられるんだね！」

こころは教会でいのっていたことを思いだしました。

——わらいがたえない、
にぎやかな毎日になりますように……——

（……これって、ねがいがかなっちゃったってこと？）
なんだか心がきらきらして、思わず笑みがこぼれます。
これから、セントマザーとして、どんなことがまちうけているのでしょうか。こころは胸をおどらせました。

ひみつのおせわファイル

寮のおへや大公開！

こころとルリ（こっそりらぶちゃん＆きらちゃんも！）
がいっしょにくらす、おへやを見せちゃうよ☆

らぶちゃん＆きらちゃん おせわノート

らぶ

おぼえたことば

らぶ〜！ おいちー ママ

せいかく

おっとりあまえんぼう

きら

おぼえたことば

きら〜！

せいかく

元気でおでかけ大すき！

らぶちゃんが「ママ」ってよんでくれて
うれしかったなぁ〜！ こころ

あたしもきらちゃんからよばれたーい！
よーし、これからがんばるぞ！ ルリ

こんかいのふたごコーデ

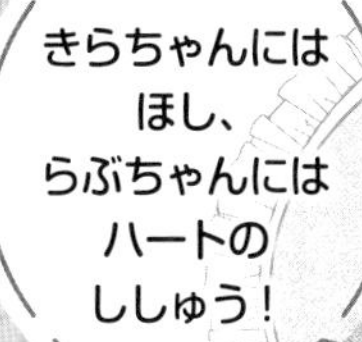

ジュエルさまのために
とくべつに作られたガウン♥

きらちゃんには
ほし、
らぶちゃんには
ハートの
ししゅう！

色ちがいの
やわらかいシルクでできてるよ★

フードもドレスも
フリルがたっぷり！

おたより、まってまーす！

セボンスターのおはなし、どうだったかな？　わたしたちにききたいことや、
らぶちゃん&きらちゃんにきてほしいお洋服、セボンスターにかなえてほしい
おねがいがあったら、おしえてほしいな！　おうえんメッセージもまってるよ！
「名前」「住所」「電話番号」といっしょに、下のあて先までおくってね。

〒141-8210　東京都品川区西五反田3-5-8
株式会社ポプラ社　「エンジェリック・セボンスター」係

※いただいたお手紙を書籍に掲載させていただく場合は、事前にご確認をとらせていただきます。

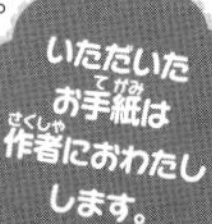

いただいた
お手紙は
作者におわたし
します。

おはなしのなかで
らぶちゃん&きらちゃんが
作ったセボンスターだよ！

ながれ星にねがいを

きっと勇気がわいてくる！

ピカッとひらめきの光！

新発見があるかも♪

あなたにきらめく王冠を

心がきらきらかがやくよ！

きらめく宝石リース！

友だちの輪が広がるよ♪

きらりんダブルスター

じぶんもみんなも元気に！

とびたつピンクハート！

大人っぽくなれるはず

月×ハートのダブルパワー！

がんばる力アップ

ひみつは宝石箱に

なやみにこたえが見つかるはず！

しあわせをはこぶ馬車♪

すてきな出会いがありそう！

ハートに思いをこめて

気になるあの子に急せっきん!?

みんなは、
セボンスターに
どんなおねがいを
してみたい？

★ 著者紹介 ★

菊田みちよ きくた みちよ

2月10日うまれ。みずがめ座のB型。
茨城県出身。
多くの雑誌で活躍する、人気まんが家。
好きな宝石は、アメジスト。

★ 監 修 ★

カバヤ食品株式会社

エンジェリック・セボンスター①

エンジェリック・セボンスター

①ふたごの赤ちゃんがやってきた!

2024年6月 第1刷

著 者★菊田みちよ
発行者★加藤 裕樹
編 集★上野 萌
装 丁★岩田りか
発行所★株式会社ポプラ社
〒141-8210 東京都品川区西五反田3丁目5番8号
JR目黒MARCビル12階
ホームページ www.poplar.co.jp
印刷・製本★図書印刷株式会社

ISBN978-4-591-18191-1 N.D.C.913/96P/22cm

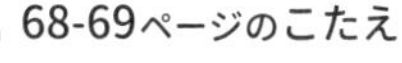

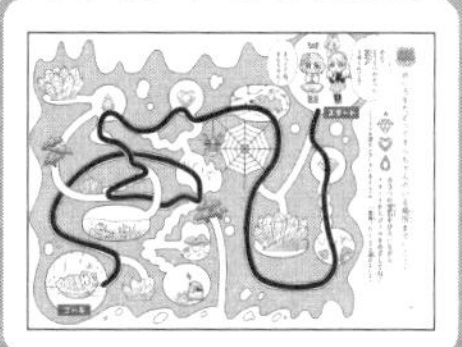

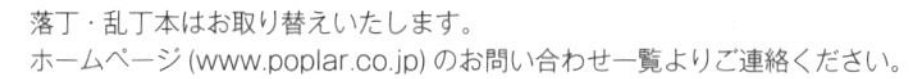

P4182001

ドキドキ！ セボンスターうらない
きょうのあなたのラッキーセボンスターは？

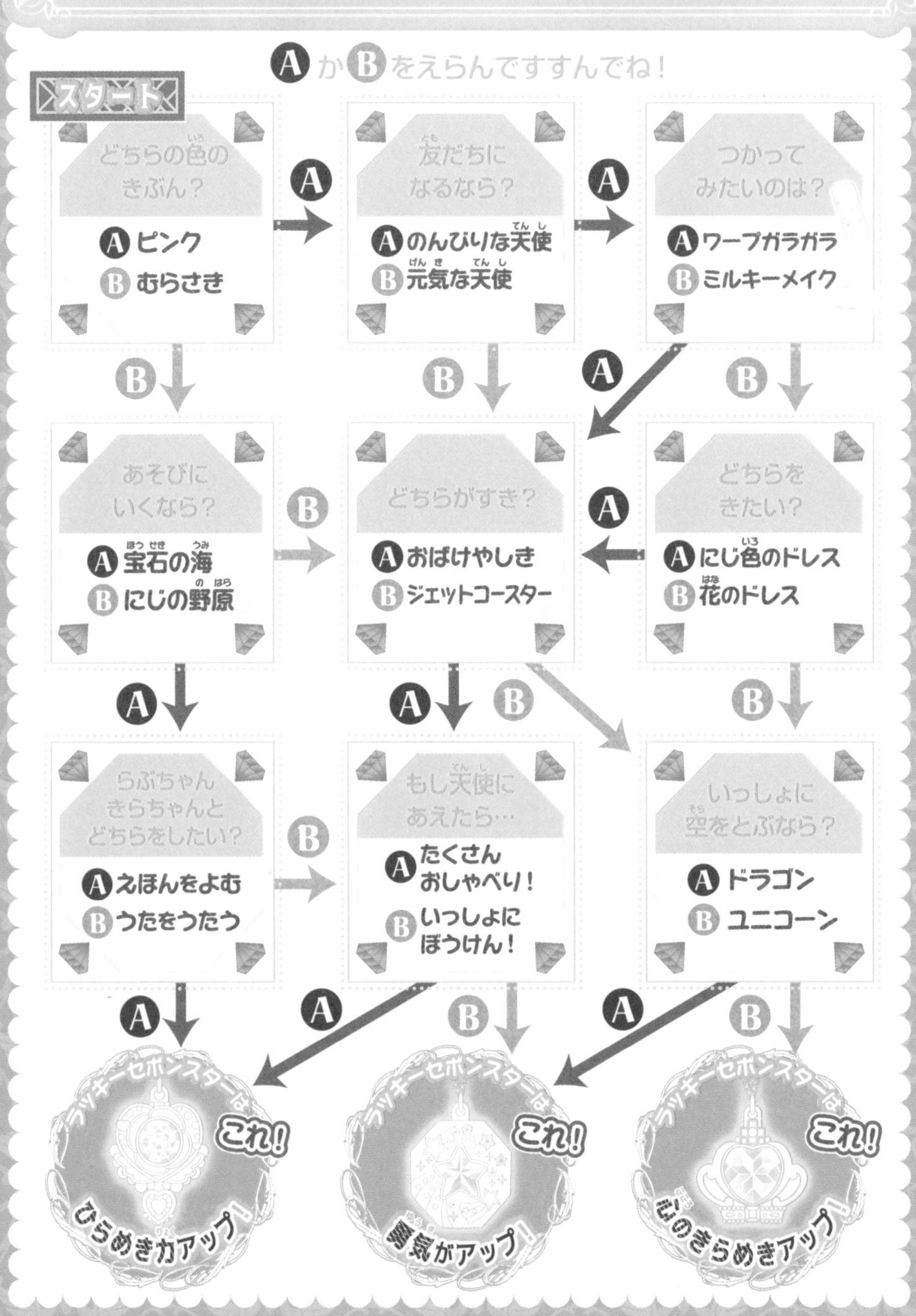